圓圓・事事・諸諸・如意

林煥彰

詩畫集

自序
寫詩出書・自說自畫

林煥彰

　　詩，這個字，要怎麼寫？說是寸土、寸士、寸心，我都無法解讀；當然，我是無法說清楚！

　　詩，寫人生；詩，寫心靈；詩，寫心境；這是我可以感受的。

　　此刻，我正要準備遠行，去我從未去過的古代，飛機需要四個小時的航程；在中國文化歷史上極其重要的一個古都——長安，現在叫西安。

　　寫詩，我常當它是一種「無聊」；但對自己確實是非常重要，它對我具有極大的人生意義。

　　詩寫超過六十年了，我怎麼好停下來不寫？詩寫那過去的六十年，如果沒有它，我怎會有我的今天？如果沒有它，今天我還能有什麼？我還能做什麼？我怎會有機會去古代的長安？

　　我，八十了！如果我不是寫詩，我能做什麼？如果我不是寫詩，我還能有什麼？如果我不寫詩，誰來養我？

　　八十了！我寫詩，我可以經常東奔西跑，我可以經常南北到處遊走……周遊列國。

　　八十了！我寫詩，我有上億讀者，我有兩岸四地的小朋友在讀我，彷彿我天天可以看到他們在和我做心靈上的對話；一首簡短的童詩——〈影子〉，能進駐上億學童心中，能讓他們朗朗上口，以

清純、清澈、清亮的童聲喜樂的在課堂上朗讀迴盪，在陽光下嬉戲歡樂。

人生，苦多於樂，詩寫療傷，寫詩分享，除此之外，似乎我再也無所欲求；平靜，是我寫詩的最大依據，心安理得的在自己方寸之間，玩文字、玩心情、玩創意……

近年，我的詩作特別多，每年都有兩、三百首，可配合自己畫的生肖，出版一本屬於和生肖有關的詩畫集；我寫的詩，包括成人詩、兒童詩，小詩、短詩、長詩，因寫作當下的心境而有不同作品產生。這本詩畫集的作品，都是去年2018年寫的。自2015年出版第一本生肖插畫詩集《吉羊・真心・祝福》（秀威版）之後，我給自己許下了一個心願：每年出版一本「生肖詩畫集」，成為自己寫詩之外的工作之一；好壞都得完成兌現自己對自己的許諾。

2018，這一年我寫的詩，實在不少；成人詩、兒童詩，我都順其自然的寫出來，長長短短，無拘無束，寫了近三百首。因為控制篇幅，除了收在這裡，另外有極大部分六行小詩（含以內）和可以給兒童看的，或稱為兒童詩，都無法收在這裡。今年歲次「己亥」生肖「豬」，我就畫了很多豬畫，這本詩畫集就靠牠來美化版面；至於書名，乃延續前四本生肖詩畫集形式，成為系列，題為《圓圓・諸事・如意》；又因為現實人生活得已夠艱苦，我希望能讓讀者看得舒服，也向讀者祝福。

這本詩畫集，計分四卷：〈卷一：一想就到〉、〈卷二：杏花・三四月〉、〈卷三：百葉・心思〉、〈卷四：一首詩，要怎麼寫〉；每一卷的卷名，都以該卷的第一首題目為主，是為了方便的一致性，沒什麼用心；這是我的隨興。

〈卷一：一想就到〉

　　一想就到，我到底在想什麼？有什麼好想？我似乎沒什麼好做，似乎只要想想就好；不論人生的酸、甜、苦、辣，想想就好，尤其要寫詩，寫一些與自己有關或無關，想想就可以釋放出來，不再是一種負擔；詩可以療傷，可以慰藉，可以分享，可以一而再、再而三的寫不同的詩，讀不同的詩，我習慣用這樣的方式在過苦日子，讓自己不再那麼苦，也讓讀的人──假如他也有跟我一樣，或類似的苦，就不再那麼苦，那就是我寫詩的意義，也是活著的目的。我這樣的寫著，不停的寫著，我就活過來了！我的苦日子就不再有了！

〈卷二：杏花・三四月〉

　　這季節就是春天，這一卷有寫春天的詩，但不是都寫春天；就像誰說過，四月是殘酷的季節，這一卷我就有兩首與詩魔洛夫逝世有關的詩，向他致敬。我習慣按寫作的順序整理成書，這本詩畫集也一樣，所以分卷的目的也沒什麼特別意義。若說完全沒有，那也未必，讀者當然可以有自己的想像和解讀，如若有什麼意外的發現，那不就有了更多讀詩的樂趣！我希望是會有這樣的意外。春天多雨，尤其在我居住的地方，動不動春天就哭了起來！

〈卷三：百葉・心思〉

　　這一卷十七首，還是離不開沉重的心思；心思重重，但也想把它變成淡淡，可總是無法放下，而受時代、社會、現實的影響，包括敬仰的前輩詩人、詩魔洛夫的仙逝，台大校長遴選的政治干預事

件、受邀為紀念開蘭始祖先賢吳沙公而寫的詩等等，以及個人發自內心的不可改變的身世，深沉烙印總無法抹滅，每寫一首詩，都是隱忍疼痛的過程，讓文字去承擔。當然，我知道我已做了什麼，我也知道我什麼也沒做，作為一個寫詩的人，我是多麼的懦弱，無用！

〈卷四：一首詩，要怎麼寫〉

這一卷，最後一輯，和前三卷一樣，都是2018年所寫的作品，我沒有特別看重自己的哪些作品。〈一首詩，要怎麼寫？〉我不是企圖以詩談寫詩，而是不小心有了這個題目的詩出現，如果你要參考我這首詩的方法去寫作，那肯定是會吃虧的；千萬不要。而我自己呢，我幾乎常常都是順著自己當下的心緒在發展，當然有時我會邊寫邊斟酌，但也都以當下的感覺有關，該多長就多長，該幾行就幾行，該怎麼寫就那麼寫。

我是忙碌的，我常常在移動中寫作，這一卷就有四首是我在武漢時的所思所想，甚至有一首我離開武漢的第三天，在前往曼谷的飛機上還在想武漢的所見所聞所想的感覺，把它寫下來。除外，我曾經走過的已是五六十年前的回憶，我也會用來寫詩，如前輩詩人周夢蝶和武昌街，以及文學老兵張拓蕪，在我生命中，他和它是永遠存在的。當然，還有其他的其他種種，因此，我的每一首詩，我都會留下寫作的日期、時間和地點。這是我所執著的，以後也不會改變。

近年每年都要出詩集，而且還厚著老臉皮，要朋友寫序，積欠的人情已經夠多了，今年就不敢再勞駕朋友，那就自己寫吧！這就叫作自序。

（2019.05.16／20:37　研究苑）

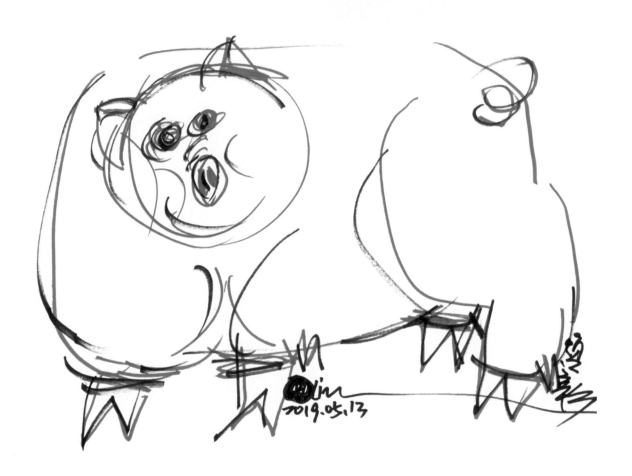

CONTENTS

自序　寫詩出書・自說自畫　002
卷首詩　豬的哲學　012

卷一　一想就到

一想就到　014

想想可好　016

這冬天是冬天　018

微笑治療　022

終究得好好想想　024

為什麼不為什麼　026

冷　028

微雕練習——我思我父我母　030

雨停了　032

心中的雨——昨天讀報有感　034

年，很短　036

二胡的午后　038

卷二　杏花・三四月

杏花・三四月　042

我在午后　044

春天的苦　048

牛角灣的心事──讀　枝蓮第一本詩集
　　《我詩・我島──附耳，牛角灣》　050

今天我沒有寫詩　052

無窮頌──致韓國朋友及其偉大的國家　054

春天是外遇　056

遇見春天　057

我想到的　058

彷彿，天下事　060

我之蛇之溫柔　062

魔歌響徹寰宇──敬致詩魔　洛夫老師　064

我要去遠方　066

等她，窗是百葉　068

心中的一盞燈　070

我看到了什麼　072

卷三　百葉・心思

百葉・心思　074

不是因為，不是（A版）　076

不是因為，不是（B版）　078

愛昧十四行　080

心有千千結　082

那條沒有回流的溪　084

百葉‧晨思　086

遙寄──詩人　洛夫老師在天之上　088

傅鐘悲鳴──拔管事件，台大傅鐘下示威靜坐　090

我活著，我心痛　092

山海對話　094

誰說‧佛說　096

再遠‧再近　098

我給時間放假　100

英勇‧大愛‧無私──敬致開蘭始祖　吳沙公　102

卷四　一首詩，要怎麼寫

一首詩，要怎麼寫　104

思念的方式　106

神龜，我的島嶼　108

詩人‧瘋子──讀泰華詩畫家苦覺新作

　　〈防風‧防瘋〉之後　110

綠的，紅的──給福建長泰縣龍人古琴文化村　112

觀蟬　114

一滴淚　116

文學老兵──敬悼　拓蕪兄　118

如果，我在曇華林──2018.07.武漢詩抄之一　120

在曇華林的馬槽前見──2018.07.武漢詩抄之二　121

曇華林懷憶──2018.07.武漢詩抄之三　122

那夜在曇華林鳳凰山上──2018.07.武漢詩抄之四　124

水金九之歌　128

我的影子的影子的背後　130

想・歸想——為武漢韓玉曄攝於馬爾地夫海邊

　　一支空瓶與海而寫　132

蜘蛛，有所不知　134

五十年代的那條街——給武昌街兼懷孤獨國詩人　周夢蝶　136

心想事成——礁溪湯園2期　138

幸福，花是藍的　139

冰裂，紫金小河　140

卷首詩

豬的哲學——

吃,第一
睡,第一;
什麼是第二?

和氣、喜樂
奉獻,從不計較

都是第一。
（二○一八.一二.○七11:36天津「兩岸文學對話」
詩歌組討論會中）

2019.03.22 研究苑

卷
一

一想就到

舟車無法抵達，／我一想就到；

一想就到

舟車無法抵達，
我一想就到；

我喜歡連夜趕路，
不搭飛機，我一想
妳就出現
在眼前；

更重要的，妳會在我腦海中
在我心上；不分晴天
雨天，
或風風雨雨……

（2018.01.07／15:08　研究苑）

想想可好

早安。今天最低溫，
現在我山區室溫12度。

我很久沒有想我的貓，
不是不想，是太忙；
忙，不是理由，也非
最好的藉口

我的貓沒有怪我，也沒生氣
我只怪我自己，生自己的氣
牠在我心中，牠最清楚
我哪敢生牠的氣？有個可以想想，
要想就想，或不想也可以

沒有負擔的，我心愛的貓
一直在我心裡，多好！

不是因為今天特別低溫，濕寒

不是因為今天，我有什麼心事

不是什麼都不是，一定有什麼

一定

我非想不可

想想可好？想想一定好，

在我心中的貓，我哪有不想

一早起來，我就想牠

祝福她，這就是我

今天的想……

（2018.01.11／08:18　研究苑，據說此刻淡水只有7.5
　　　　度，那裡也有我的朋友，該祝福大家）

這冬天是冬天

這冬天是冬天，冬天
就應該是冬天，冬天
就是冷天，也是冷地
心寒

自自冉冉，怎麼一回事
為什麼還要有那麼多人提它？
自己說過的話，最好應該忘記
最好讓風吹過就好，
為什麼風吹過的地方，都要
有人聽到，有那麼多的人
知道

為什麼天要這麼冷，鐵軌那麼冰
淒風苦雨的夜裡，為什麼要有
那麼多的人在臥軌，那麼多的人
都是餓鬼？
怎麼不好好窩在自己家裡，
睡一睡，睡個
暖呼呼的？

夜半醒來，就應該再睡
再睡個回頭覺；再睡也不一定能睡！

為什麼？天這麼冷，地這麼冰
雨這麼大，為什麼人那麼多
那麼多的人在冬天的雨天裡，
那麼多的人喜歡露宿街頭，喜歡
睡在寬大的凱達格蘭大道，睡在
重重重重的鐵絲網圍成的蛇籠裡之外，
為什麼，為什麼？

天亮之後，或者天還未亮
之後
所有的牆都不能再增高了，之後
夜半醒來之後，我是否應該再睡
再睡，再睡之後，之後我就可以
什麼都不知道，什麼都不知道之後
之後我就能睡得更好，更安穩

之後，狗年就來了之後
就是豬年，豬年之後
我就可以睡得更好，更安穩
像豬一樣，好好再睡；
好好的再自自冉冉，自自

冉冉，自自然然

讓風吹過……

（2018.01.13／04:28　研究苑）

微笑治療

美笑，是一種笑

是開心的，屬於

微笑，最真最純

毫無雜質，沒有造做沒有摻假

貓咪笑了，喵──很小聲

狗狗笑了，汪汪──沒有聲音

花笑了，每片花瓣

都是可親可愛的美唇

你微笑了嗎？今天，

好的心情

都不見了

（2018.01.16／16:37捷運板南昆陽站）

附註：美笑，韓國使用的漢字，微笑之意。

終究得好好想想

我和我自己，不相認識
他，不認識我
我也不認識他；
為什麼我們會在一起 ？

沒什麼好說的，很多時候
你都沒有為他想，你在想什麼
這世界，你以為你很重要
沒有你不行

如果你能多想想自己，
多關照你心中的他，他就會
更虛心，更悉心的
想想別人；
別人，可能就是
你的另一個自己。

（2018.01.20／16:59　胡思公館店）

為什麼不為什麼

以前的苦瓜都是苦的，
現在的苦瓜不苦，
就不應該當苦瓜。

苦瓜的耳朵很靈，
他聽到有這種聲音，
好像在批評他；

苦瓜左顧右盼，看看左右
也看看前後，
有冬瓜西瓜南瓜在場，
好像在討論什麼，
他有點好奇，
也有點疑惑；為什麼？

為什麼，有冬瓜沒東瓜？
為什麼，有西瓜南瓜沒北瓜？

苦瓜靠近他們，向他們請教

冬瓜西瓜南瓜都不約而同，

抬抬頭，看看他

沒有回答！

（2018.02.06／16:32　初稿在胡思公館店／17:25在

國家圖書館定稿）

冷

冷，要泡
不冷，也要泡
讓血液循環，心情舒暢

天道循環，規規矩矩
自己不要亂來，
天氣會亂來，冷鋒冷氣團
會亂來，寒流
會亂來，雨霧會
亂來

這世代，什麼都在亂來
沒什麼不亂來──

政客亂來，

詐騙亂來，

毒販亂來，

男女亂來，

細菌亂來，

妖魔鬼怪，亂來

統統在

亂來！……

（2018.02.10／13:46　研究苑，聽雨聲）

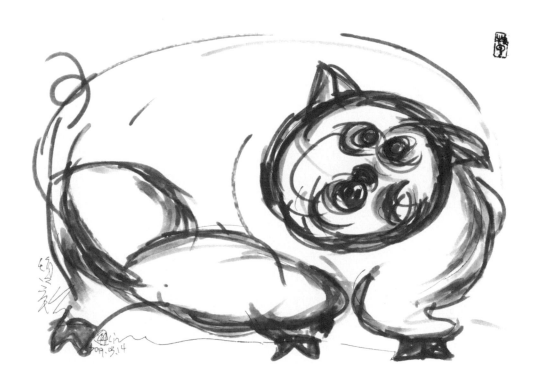

微雕練習
——我思我父我母

我在微雕，練習
我的心思
用我的髮絲，微雕

今日微雨，我的髮絲
何止三千，都已一一飄逝，何如
雨絲，何止千思
萬縷？

心思，何如雨絲
我思我父我母，他們一生
何止一生，默默無語
沒留在我身上半句，心語
刻骨，銘心苦思，何如如蘇雨絲
吹拂，何如細細微雨
在寒冬深夜，微雕

以灰白
於灰白髮絲，在我
八十仍然年輕，仍然勞碌

深思如何還他，還她

他們是我父母

再深的夜裡，還是有雨

有雨微雨更細，更難微雕

一生一世

練習我的第一部心經，只當是

一個起草

還無頭緒，理出萬一

說出一縷究竟該從何說起，

我和他們

因緣關係

微雕的，只當億萬雨滴之一

哪能拿它還我──我父我母

給我以萬一，

也是億萬分之一，我的心思

細細微雕

再微雕，在練習

再練習……

（2018.02.10／08:24　研究苑，聽雨聲）

雨停了

雨停了！是否真正的停？
他累了嗎？

雨停了，我照樣每天要寫詩；
我無法停止，我對這個無望的世界的無限關注！
嘆息是必然，不是幾個嘆號就能夠把溺斃在深海中的
純真的小魚兒釣起來！

海是夠深了！哪有比我憂傷世事的心
還深
還冷？

嘆號加問號之後呢？
我就可以放心，可以不用再想了嗎？
我為什麼要活在這個動蕩不安的世代？
我為什麼要管這個這麼多我無權無力無奈干預的
多災多難的世事？

雨停了！這世界就不再吵鬧了嗎？

雨停了！我就沒事了嗎？

雨停了！我的耳朵就怎麼突然變得更靈了？

我就聽到了更遠更遠，有誰流淚

有誰哭泣⋯⋯

（2018.02.12／09:37　研究苑）

033

心中的雨
──昨天讀報有感

雨停了，雨真正的停了
一整天都有陽光，
這不是冬天常有的，但我
心中的雨呢？
它，還是始終沒有停過
時大時小，總是濕濕
答答……

我心中的雨，主要來自周邊
以及遠方的
遠方，遠方也
如同
近處；

先說遠方的遠方，其實
就是身邊
遠方的遠方，如美國
他們要我們
開放美豬牛雜！
近處的，如日本

他們也要求我們，開放核食

那食安呢 ？

更近的？當然就是自己

國境之內，

是培養詐騙集團的搖籃嗎？怎會有

一團又一團，上千人流竄

在世界十多個國家，還會

流竄到更多的地方，當然

在自己的國境之內

常有販毒走私，一批又一批

一批又一批！

我心中的雨，怎不

一陣又一陣

時冷時熱，隱藏在你身上

有時叫你頭痛，有時要你發燒

有時叫你咳嗽，有時讓你心驚

有時叫你暈倒，有時要你窒息

總之，冒冷汗也如同下雨

不冒冷汗，也在心中

滴滴答答……

（2018.02.13／08:23　研究苑）

年，很短

年，過得真快；

比月短，

比日短，

比時短，

比分短，

比秒短，

秒一眨眼就不見了！

當雞跳上除夕夜的至高點，

從23時59分59秒——

到零時零分零秒，

我只眨一下眼，一秒吧

雞就變成狗了！

（2018.02.16／23:58　戊戌年正月初一，研究苑）

大轉換要從觀念開始，觀念轉，業才會轉，生活圈才會轉，生命世界... Major change ... ...changing how we think. By changing how we think, we change how we act, and how ... ... the entire world.

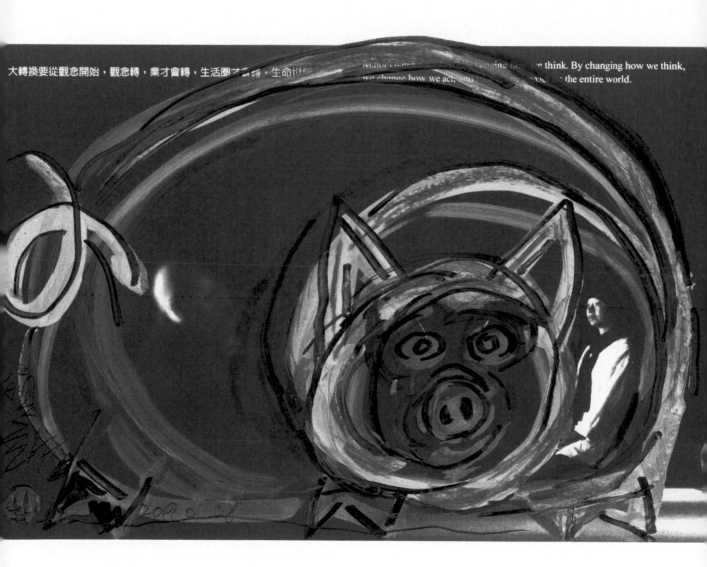

二胡的午后

我有很多想法，與季節無關

與冬天春天無關，

與自己身世

有關，千萬不能錯怪她們

大自然是美好的，季節

自然有她們的

更迭，有時步伐難免亂了些

就是亂了步伐的季節，

還是有她們的必然，你我

都別怨怪她們

要怪就怪二胡，古典的

二胡

它怎麼又故意拉回

我不能忘懷的身世，一寸寸

一絲絲

拉痛我的從前，從前是一塊

傷疤

一拉就見血！深深淺淺

都

濺血……

　　　　　（2018.02.20／17:39　胡思公館店）

我從禪修與斷食的修行歷程，體驗到所有的生命是相依⋯⋯⋯⋯⋯⋯⋯
沒有任何生命體可以獨立存在，而人類⋯⋯在所有⋯⋯的宗教，更有其多元的必然性。

杏花·三四月

久違了！三四月，／杏花一定會開；開在

杏花・三四月

久違了！三四月，

杏花一定會開；開在

杏花村的山坡上，也不一定

一定到處都會開，

包括我自己心中，早已冷落

又久已孤單！

左心房？

右心房？

不是一邊一國，也不是一個人就得

一心二意，

要是春茶，

要是杏花，

要是新葉，

一心兩葉，還是一心

還是記得？

記得從前從前，的從前

不是已經說好了嗎，

海枯石爛

真的，海枯了！

真的，石爛了！

我們都還會在哪裡 ？

杏花，三四月

年年都

三四月；久違了，

我們在哪兒？

我故意把自己縮小，變成

一滴

昨夜留下的晨露，

故意停在

將開未開，那朵杏花苞的

尖尖上……

（2018.02.23／07:42 研究苑，聽雨聲）

我在午后

若有若無，是古典

我在午後的思緒裡，

是當下

一杯咖啡，同樣是

黑的

黑，美式或義式，習慣

本土烘焙

習慣要吃苦，慢慢回甘

若有若無，想她的思緒

讓若有若無的古典，

整合它

如有悲愴過度，讓它撫平

悲傷

若有喜悅，讓它陪著

迎接明日

也當是走向明日的誘因，更接近

明日；要迴旋嗎

要揚起，任何曲調總得有它

理由是，慣性思維

致命內傷，我會還它

還它

深深埋藏在過去，過去的

每個明日，過去的明日

如影隨形，仍若有若無

不能讓你發現

我仍在仍然在，溶化

在一杯溶化午后的

黑咖啡裡……

（2018.02.23／17:36　胡思公館店）

春天的苦

春天的苦，是春天的

苦；

春天的苦，最好是

落花的苦；落花的

苦，

最好是過去的苦；

過去的苦，最好是

兩人的苦；兩人的

苦，

最好是咖啡的苦；

咖啡的苦，最好是

黑咖啡的苦；黑咖啡的

苦，

最好是義式的苦，

義式的苦，最好是

濃縮的苦；濃縮的

苦，

最好是你家的苦；

你家的苦，最好是

你夢中的苦……

（2018.03.01／23:59　研究苑）

牛角灣的心事
──讀　枝蓮第一本詩集
《我詩・我島──附耳，牛角灣》

清晨有霧。霧鎖

一座島，守著

一個澳口，也守著

一個牛角灣；記憶也鎖著

牛角灣的

每座石頭屋的每塊奠基之石；

那花崗石砌起的牢固的牆，以及

穩穩排列有序，安放在屋頂

永久鎮守護著

牛角灣，護著每戶人家

清晨有霧，有霧讓我們可以放心

多睡一下下，

讓我們每個美好的記憶，都悄悄

回來，悄悄

回到我們還依偎著

在母親溫暖的懷抱；恬恬靜靜，

附耳傾聽，傾聽

每塊石階上留下每個跫音，

走過的，遠去了的

每個跫音，都回來；

都回到我們

還是童年的年代，我的童年

我會老坐在那裡，呆呆坐在

自己心口上的第三個石階，

面向微曦的澳口，

面向一座大海，迷濛的大海

迷濛的大海，童年的記憶

附耳癡癡

傾聽，從澳口海邊登陸

一波波浪潮，一朵朵浪花

都為我們帶回

我想像中的每一個日子的每一椿心事，

和我生命中的每一個人心裡的

記事；我用我的詩書寫，鏤刻

在我歲月中的牛角灣裡的

每一塊花崗石，閃爍著

與日月同享……

（2018.03.02／06:43　研究苑）

今天我沒有寫詩

下午，我在胡思

我沒有寫詩，

我喝咖啡，我聽音樂

我讀報，

我買一本舊書《中國當代新詩大展》，

我讀自己四十年前寫的詩：

〈我心痛，我忍無可忍〉

〈小販叫賣的聲音〉

〈孤獨的時刻〉（1-13首）

四十多年了！

我還是心痛，

我還是清楚聽到那小販的叫賣聲，

我還是孤獨⋯⋯

（2018.03.04／19:01　在昆陽便利商店等回山區的社巴）

附註：《中國當代新詩大展》蕭蕭、陳寧貴、向陽編選，台北德華出版社，民
　　　國70年6月出版）

不生不滅的涅槃是我們修行的基本元素，有了基本元素再發起無
上的菩提心，生生世世無盡的行願，這就是觀自在菩薩

The liberation which neither ari...
practice, based on which w...
to continue...
bodi...

無窮頌
——致韓國朋友及其偉大的國家

無窮為無私之美

無窮為奉獻之美

無窮為無盡之美

無窮為富裕之美

無窮為無邪之美

無窮為天真之美

無窮為幸福之美

無窮為真愛之美

無窮為真善之美

無窮為博大之美

無窮為十全十美之美

十全十美為無窮之美

（2018.03.10／10:12　在中山高

前往南投信義鄉演講途中）

附註：無窮花，係韓國國花。為追憶並紀念1982年首次應釜山無窮花會邀請演
　　　講〈兒童文學，教育的基石〉及所建立的長久真心的友誼而作。

春天是外遇

春天是外遇；她是正牌的姑娘，

我在車埕，陽光豪放

代替春天擁抱我，還頻頻親我

臉頰，也不僅擁抱和親親

還給我新的外遇，也算是一種意外

如果我不外出踏青，如果

我還宅在家裡；我就沒有了

這趟美好的外遇──

春天之外，還有我很多童年

在很多小朋友的歡笑聲中，

在青青草地上蹲著，和小花小草，

和小昆蟲，說說悄悄話

還有遊戲場，自己開著

玩具小火車

環繞我們心愛的福爾摩沙，

我們生長遊玩的好地方；

還有，讓我的童年的意外

和我外遇，在好天氣的集集

在集集滿滿的，春天的懷抱裡……

（2018.03.11／13:28　穿過集集市區，在姊妹遊覽車上）

遇見春天

我在路上。今天
有陽光，太陽笑了
笑得很開心，
是很久沒見面了嘛！

去年，夏天之前
我們在很多地方，見過；
包括九月，在澳洲
坎培拉、雪梨、墨爾本
在黃金海岸，一路上，鬱金香‧薰衣草
魯冰花……
都笑得很開心。

就因為去年冬天，有點兒長
幾乎天天都在下雨，有時還利用寒流
嚇唬人家，讓很多人想念她──

今天有點兒意外，也有些驚喜
我在路上遇見她，櫻花、杜鵑花
會笑的，愛笑的，能笑的酢醬草
都笑了，真的遇見她！

（2018.03.11／16:12　中山高66公里大溪段北上要回家）

我想到的

很多人拄著拐扙，
很多人坐著輪椅，我還能走路
我很開心。

很多人需要餵食，
很多人需要灌食，
很多人無法吞嚥，我還能慢慢
咀嚼，一頓飯吃兩小時
我很感恩。

只是想不透，春天很陽光
有時有風有雨，為什麼
大家馬上就
變臉？

（2018.03.12植樹節／14:06　在松江便利商店）

彷彿，天下事

彷彿　這世界的人類都在老化

彷彿　我看到的到處都是拄著拐杖的高齡老人

彷彿　剛剛側身而過的已經是坐著輪椅上自己在操作

彷彿　有更多坐著輪椅的是需要被佣人推著走

彷彿　這些那些我也是其中的一個

彷彿　大家都是死過了又再生的像睡著了又醒過來

彷彿　這些那些都躺在床上呼吸的都算是還活著

彷彿　這些那些天下事天天都在發生

彷彿　這些那些天下事都可以一一預測

彷彿　這些那些天下事都只是我腦中自己想想而已

彷彿　這些那些天下事都在我腦中一一成為事實

彷彿　這些那些天下事都沒有什麼不可能

彷彿我今天醒來第一件事就是想到了這些那些都是很重要
的

——都會在世界各地發生……

（2018.03.14／06:23　研究苑）

我之蛇之溫柔

我未被蛇咬過，你被咬過 ？

從小，蛇字聞之

毛骨悚然

要是不小心，看到

你當更加驚慌，起雞皮疙瘩

我是一條蛇，一條

不見頭不見尾，你要說

你看到

是塊布，也無妨

本質上，我是溫柔的

你不一定會同意，真正的溫柔

是什麼？

沒有關係，最重要的

我要告訴你，我沒騙你

我沒什麼可怕，你仔細看

我有蛇之溫柔，我之

溫柔，屬於詩之溫柔

穿在詩人身上，

也即我說，蛇之

溫柔！

（2018.03.17／23:19　研究苑）

魔歌響徹寰宇
——敬致詩魔　洛夫老師

一襲黑色長袍，龐大

偉岸的背影

背向大海，也面向大海

更面向蒼穹，

湛藍的天空，又多了一顆

巨星，他是

詩魔

在詩的王國，誰唱起

魔歌？魔音穿透

重重牢固的石室，因為

西貢詩抄，因為戰爭

在遠去的年代狂嘯，因為死亡

因為死神，在狂笑

一座座高牆，一座座

倒塌，

詩魔在靈河，因為

風的緣故，因為

雪落無聲，因為

落葉在火中

沉思，因為

眾荷喧嘩，因為

釀酒的石頭，因為在花崗岩的地窖

因為

雪崩，更因為

昨日之蛇，因為

與禪魔共舞，仍然是

因為，詩的緣故

因為漂木，因為流離

因為超現實，因為體悟

因為現實，因為感悟

更因為人生……

因為，他已與詩溶鑄

龐大偉岸的背影，在風中

背向大海，也面向大海

溶鑄一座不朽

詩魔的雕像，向湛藍遼闊的蒼穹

高唱魔歌！

（2018.03.20／09:11　研究苑）

我要去遠方

我要去遠方，海在背後

山在前頭

雲是階梯，霧也是路

我步步向前，

冉冉上升……

我知道我要去的地方，

雲深不知處。

（2018.03.20／16:00　去龍巖會館A103向大詩人洛夫

老師靈前致敬，路上發想，22:06研究苑睡前完成）

2019.01.15

等她，窗是百葉

窗是百葉，心事很多

不只百頁

不等月光

熄燈以後，屋內比屋外

更黑

我知道，記得為自己在心中

留一盞燈，

等她……

（2018.03.22／06:32　研究苑）

2019.10.21

心中的一盞燈

心中的一盞燈，掛在心上

當然要掛在

心上。不，

當然也不只掛在心上，它應該

被掛在

時間的心之上，時間在走

每一分每一秒，它都在

我心之上

看不見的足跡，聽不到的聲音

都在心上走著，在我之外

走著，也在我之外亮著

照著我的正前方，我要去的

前方，

時間要去的前方，這方向

是不變的

它的堅持，就是我的堅持

也即是時間的堅持，

永恆就是一種意志，它給我的

就是永恆，毫無疑問的

它所賜給我的，就是這種

堅持。

（2018.03.27／07:08　研究苑）

我看到了什麼

我看到了什麼？我是一棵路邊樹，

我只能緊閉著嘴，靜靜的看她或他，或他們

什麼是轉型正義，怎麼促轉空轉

怎麼運轉？

我看到了什麼？說甚麼

黑黑的煤可以洗，洗得亮晶晶？

我必須要新鮮的空氣，

沒有汙染，我必須要呼吸，

沒有鼻子，不載口罩

我必須要仔細聽，沒有耳朵，

聽自己的良知

冬天過了嗎，還寒冬？

我掉光了葉子！葉子是我的肺，是我的耳朵

我只能站在路口，眼睜睜的兩只空洞的眼睛，靜靜的

乖乖的看著她，或他，或他們

口沫橫飛，光天化日

搬走國家的，全民的血汗錢！……

（2018.04.08／07:26　研究苑）

卷
三

百
葉
‧
心
思

醒來。打一個關鍵字／陽光透過窗簾，摺疊百葉

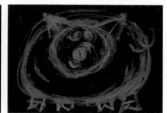

百葉・心思

醒來。打一個關鍵字

陽光透過窗簾，摺疊百葉

心思。何止

百頁？一頁頁，

翻閱積累心中，

何苦讀它，想她

關鍵何所思，一字字

細讀，起因何處

情牽夢縈，夜夜進出

夢境。讀它

讀她不解的人間心事，密密

麻麻，如何釋惑解密？

再點一個關鍵字，

仍是醒來。夢，未必能醒

百葉，心思

頁頁破譯，何其難哉

世間事，情愛事

夜夜進出

進出，夢境……

（2018.04.10／07:08　研究苑）

不是因為，不是（A版）

不安。是一種精神

病，來自恐懼

一隻狗，躲在

霧中牆角

我們是弱者，慣於

自衛。我是無辜的，

一隻狗狂吠，牠不懂

影子也是孤單的

我同情牠，影子不知道我們的關係

關係是

不必說清楚

（2018.04.14／22:58　研究苑）

不是因為，不是（B版）

不安。是一種精神

問題，來自不明的恐懼；

一隻狗

躲在霧中的牆角，

影子是無辜的，它也孤單

一種無知

精神的問題，由精神負責

我的孤單，也是

無辜的，面對長夜漫漫

那隻

狂吠的狗，我們都是

有不明的恐懼

受害者，不因為我們

都在霧中，不因為

我們都沒有影子，不因為牠

只會狂吠……

（2018.04.14／22:58　研究苑）

愛昧十四行

愛昧必然，它被放在

我們眼前或心上，我們

不以為荒誕，我們以它為樂

以它為必然的困惑，必然

應該愛昧；我們談詩，

談畫，談戀愛，誰能避免

曖昧的真誠和善意

詩人，畫家，或貓，或愛人

誰不曖昧得可愛，又可憐

他或她，必須面對都是善良

真誠的本質，我們是

詩人，我們是畫家，我們是貓，

我們是戀人

不是騙子！

（2018.04.14／23:36　研究苑）

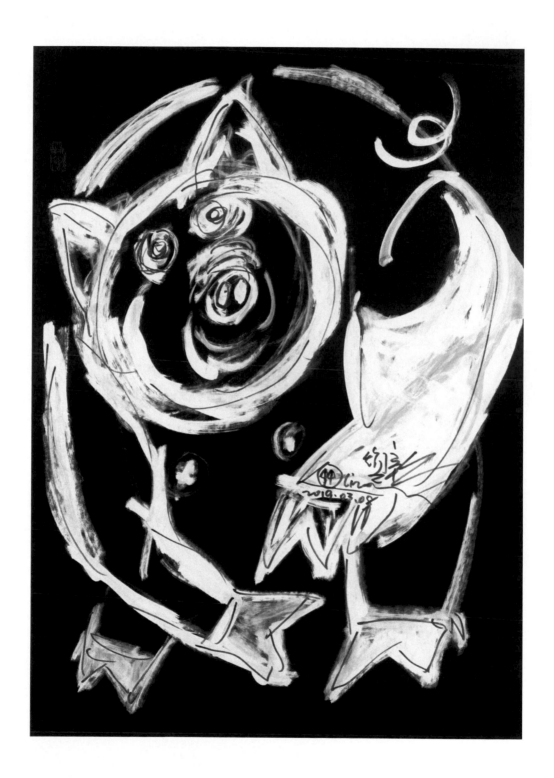

心有千千結

生命總該有個源頭，無論

走到哪兒，我都會想到

我父親和母親；也會想到

我父親母親和他們的父親和母親，

和我祖先流浪遷台的終點和起點，

又會回想到我自己，自己

流浪的起點和終點——

一結，二結；四結，五結，

六結、七結，十六結⋯⋯

不知在我生命中

為何早早就打了那麼多的結，

又為何總是牢牢

打了一個又一個結，總是

解不開的結，千千萬萬的結

結在我心中；我的血點，

八十年前，不小心就滴落在

第六結……

（2018.04.16／06:03　研究苑）

附註：寫宜蘭地景和人文。一結、二結……都是宜蘭地
　　　名。宜蘭是我故鄉。我出生在礁溪六結。

那條沒有回流的溪

一條沒有水的溪，叫它

礁溪。乾了的溪，它的上游

從雪山開始，一路都是

礁石，它流過

聖母山莊，流過

五峯旗瀑布，流過

林美山區，流過

一片旱地，流過

我流逝的

童年……

沒有水的溪谷，流過我的

童年

竟然流走了一大片良田，流失了

下游一個村莊又一個，那年

那童年

流失了的，直至今日

仍然流失了

它還不知如何流回，

應該回流……

（2018.04.16／13:17　研究苑）

百葉・晨思

窗內窗外，時光之外
都有我在
我在。肯定
思在，詩在，我在
我在
窗內窗外之外

要去的，終將會
逝去
去更遠更不可設限的，
冥思之中，
如天上某一顆
恆星，時刻都會在
關照你

妳在，我在

再遠妳仍然會在，在我心中

如今當下，我在窗內

在百葉晨思之中，

妳依然沒有離開，依然久久

越久越

明亮……

（2018.04.20／07:16　研究苑）

遙寄
──詩人　洛夫老師在天之上

遙寄。有份心思，

寄給您

地址？該怎麼寫，

要貼什麼郵票，郵資多少

貼左上角，右角

要不要掛號

有好多疑問或顧慮，有好多

不知該怎麼說的心思，

好像有什麼隱私祕密，有好多好多

疑慮，不知該從何說起

要遙寄一份心思，無聲穿越禁區

將抵達未知的天際，沒有地址

無須郵票，不必掛號

也不怕遺失

長長久久，久久以後都不怕

漂木從唐宋，元明清

到民國

從1928到2018，到12018

誰不知道唱魔歌的詩人是誰，

不論寄湖南衡陽，寄溫哥華

寄台灣，或寄天上

誰不知道，他就是魔歌的歌手

我要寄份心思，這心思已釀了九十一年

接近一百，這醰陳高

不僅有石室之死亡的源頭，也不僅僅有

石頭釀成的酒，這份心思

寄或不寄，都已不重要

就默默典藏……

（2018.04.22／17:30　胡思公館店）

傅鐘悲鳴
——拔管事件，台大傅鐘下示威靜坐

請你睜開眼睛。

請你打開耳朵。

請你敞開胸懷。

請你找回良知。

請你安安靜靜。

請你傾聽你自己的心聲。

請你為年輕的學子想想。

請你為福爾摩沙想想。

請你為台灣的明天想想……

（我不知我已經說過了多少個請？

裝睡的人，是永遠醒不過來的！）

我敲我的鐘，我的鐘

永遠要留在

台大校園；我不敢吵到你們，

我不能隨意敲響，但今天例外

今天是五月四日，2018年

我禁不住的要敲響我自己，

我已經瘖啞了幾十年，

我今天一定要敲響，用力的敲響

迎接

新五四的元年！

（2018.05.04／09:51　研究苑）

我活著，我心痛

我吃飯。我，應該吃飯

我活著。

我睡覺。我，應該睡覺

我活著。

我罵人。我，應該罵人

我活著。

我寫詩。我，應該寫詩

今天，我看報紙

我應該看報紙，我有知的權利

今天，我知道有人在促轉正義

正義，要怎麼轉

我不知道，要怎麼轉

他們也不知道，要怎麼轉

但我看到，他們把不正義

當正義轉

我被他們玩弄了，昏頭轉向

但我也學會了，也變得糊里糊塗

把不正義變成正義，

我心痛，大於

心死！

（2018.05.06／18:39　社巴回山區路上）

山海對話

如果我說，我天天在想
此刻也在想妳；海說，

或換山說
我也天天在想，此刻
也正在想你

山對著海說，其實他的
所有的想
都只在自己心裡藏著，
永遠都默默的想著

海是不同的，她的想
是日與夜
又夜以繼日；此刻也正在想，
喃喃自語的述說著
她的想⋯⋯

（2018.05.07／06:55　研究苑）

誰說・佛說

人有出生時辰，我有我的
時辰；但我不知我的時辰，
我只知道我的生日
農曆七月初二，從小聽母親這麼說

今天，佛告訴我
那是星期三，我若晚上生
屬衣食俱足佛
我的幸運數字：12
吉祥顏色：黑色
象徵：獨居靜處　遠離煩惱
如果早上生，屬托缽佛
幸運數字：17
吉祥顏色：綠色
象徵：度化

因我不知我的時辰，
我就有兩種可能；我即有
兩組數字：12和17
也有兩種顏色：黑和綠
我喜歡獨居靜處，遠離煩憂

有詩有畫

度化自己，不患得患失

要能度化他人，多積功德

回向天上父母，減少苦厄

平平靜靜，過我一生……

（2018.05.09／07:31　研究苑）

附註：2018.04.21上午，到福隆靈鷲山朝聖、禮佛，承蒙寶馨法師開示。

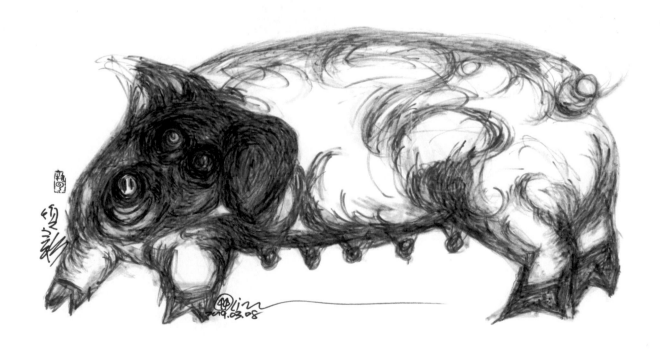

再遠・再近

再遠再遠的遠方，在我心裡

再近的，更近的

也在我心裡；我在想

我想過的媽媽，在遠方

在日夜想著的天上的

一顆星，她就是

媽媽星

我這樣想著的時候，媽媽就立刻

回到我心裡

再遠，再近，都在我心裡

（2018.05.10／08:57　母親節前夕，研究苑）

2019.03.15南橫高鐵

我給時間放假

今天，我是時間的老闆

我給時間放假一天；平時

我都在利用時間，

今天我自己也要先放自己的假，然後是

我不得不給時間放假

現在，我忙碌的一天又將結束

我給時間放假的這一天，我不知道

它去了哪裡，做了那些事

最好是什麼事也別做，才算是

真正放假，我就是這樣——

其實，我還是忙了一整天

最少我和朋友在一起，馬不停蹄

看朋友的畫展

認識新朋友，吃了一餐好吃的美食

開心聊天，在朋友畫室牆上

塗鴉，畫一隻流浪狗

寫不像詩的詩

大家都聊得很開心，但我還是很掛心

不知我給它放假的時間，究竟

100

它有沒有真正放假，還是

和平常一樣

也忙了一整天？

（2018.05.10／23:04　研究苑）

附註：午后在基隆海洋大學出席已故詩人、畫家楚戈的《楚戈「玩」美人生藝
　　　術展》開幕式，然後到暖暖參觀詩人、畫家徐瑞工作室，晚餐由楚戈藝
　　　術基金會執行長陶幼春招待，在暖暖「小市場咖啡餐廳」餐敘，品嘗義
　　　式美味海鮮燉飯。

英勇・大愛・無私
——敬致開蘭始祖　吳沙公

黑水溝波濤洶湧，漳州橫渡台灣海峽，九死一生

如果沒有土地，如何墾殖

如果沒有墾殖，如何稻穀

如果沒有稻穀，如何裹腹

如果沒有泉水，如何安居

如果沒有，什麼都會沒有……

我們必須通過時間的隧道，回溯到乾隆年間1783年

如果沒有吳沙公，冒險犯難，與原住民和平共處

如果沒有吳沙公，慷慨相助，助人米一斗斧一柄

如果沒有吳沙公，大公無私，與墾者分享田和地

如果沒有吳沙公，如果沒有吳春郁義首可任意墾殖

如果沒有吳沙公，如果沒有很多很多都會沒有……

蘭陽平原的昔日和今天，今天和明天

如果我們子孫子子孫孫，我們的後代

代代珍惜感恩，飲水思源……

（2018.05.12／09:41　母親節前夕，研究苑）

卷四

一首詩，要怎麼寫

一首詩，要怎麼寫？／我會從第一個字開始寫起；

一首詩，要怎麼寫

一首詩，要怎麼寫？

我會從第一個字開始寫起；

但我不知道，從什麼時候想起？

當我難過的時候，難過的起因

不知何時早已埋在我心中，

可能會發芽，也可能

根本早就已經憋死

永遠都不會發芽！

一首詩，我要它像一棵樹

當然，它應該先要是一顆

健康的

結實飽滿的種子，

我用酸甜苦辣的心

長久醃漬，彌封在一個旮旯兒的

一口老甕中，

加上我父我母的苦；他們，

他們有他們的那個世代的苦，

一起醃漬；

都已經是百年了，百年前的往事

可我還清清楚楚，加過鹽加過糖

也可能還有更多更多，他們

那一代人的苦水和汗水！

我不知道，一首詩

要寫些什麼？什麼能寫

什麼不能寫？

我會不停的想，不停的反思

反問我自己

我為什麼還要寫詩？

（2018.05.17／10:09　研究苑）

思念的方式

我老了嘛！我思念的方式，
也是老了嘛

我用傳統的方式，想念
兩個女人；媽媽和妻子，
她們都去了另一個世界
我不知道的地方！

我的想念是傳統的，我用雙手
洗自己的衣服，搓搓揉揉
每一個動作，都是一種想念
想念她們的過去
也是用手幫我洗衣，每一件都是
搓搓揉揉……

（2018.05.17／20:31　研究苑）

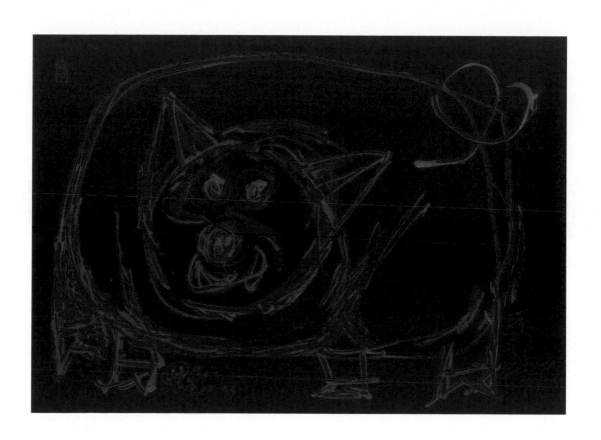

神龜，我的島嶼

龜山島，是隻神龜

祂是我的島嶼，

我出生時，祂就在那裡

我一睜開眼睛，就看到祂

祂也一定看到我，

是億萬年前就約定的，

祂在等我——

神龜，祂在等我

祂要載我，有一天

火車沒用了

汽車沒用了

飛機也沒用了

只有祂有用，祂會送我離開

這個凡塵的世界，

在神仙居住的雲海裡，

載我雲遊四海……

（2018.05.17／21:11　研究苑）

詩人‧瘋子
——讀泰華詩畫家苦覺新作〈防風‧防瘋〉之後

詩人、瘋子，沒兩樣

我是其中的一樣，已瘋了

一甲子，還在發瘋

這世代，瘋子特別多

大都成為詩人，他們

喜歡作怪，夜裡不睡

還好，沒吵到人家

詩人苦覺，自己喜歡苦

所以不苦，他不只瘋於寫詩

也拚命畫畫，不僅不睡

也可能不吃，或喝一點點露水

如果有露水的話，在白露過後

最好是自己煮一壺防瘋茶，

自己喝，如果有機會小聚

也請留一壺給我，我也要防瘋

我和他的毛病或說病兆，

大概差不多，

甚至越老越嚴重，還得再加防風

畫畫，潑墨有之
麥克筆硬筆亂塗，和孩童塗鴉
也沒兩樣，我常常瘋了
詩就寫得多，一日十多首
哪要什麼靈感，真正瘋子
什麼都可以不要，我是瘋子！

風都回家了！苦覺說的，
其實風一直在，無風才怪
我等在夢的入口，
要是有人和我一起守著夜，
要是有人也瘋了，今晚恰好
我正在熬一壺野芹菜，
傷風感冒，都別怕
請你到小詩磨坊來，寫一首詩
我招待……

（2018.05.26／12:28　客運進入雪隧，今天大塞車，
　　　　　　我回礁溪為110歲冥誕的母親進金，
　　　　　　40分鐘車程足足晚了80分鐘！）

綠的，紅的
——給福建長泰縣龍人古琴文化村

綠的，一片荷葉

綠的，二片荷葉

綠的，三片荷葉

綠的，四片荷葉

綠的，五片荷葉

綠的，六片荷葉

綠的，七片荷葉

我佇足在一座荷花池畔，眼前和心中

綠綠的每一片荷葉都捧出一顆，純潔的心

紅的，一朵荷花

紅的，二朵荷花

紅的，三朵荷花

紅的，四朵荷花

紅的，五朵荷花

紅的，六朵荷花

紅的，七朵荷花

入夏，長泰龍人古琴文化村

飛來了，駕鶴飛來了七位童顏鶴髮的詩人

在古琴悠揚詩韻中寫下了赤子童心……

（2018.05.31／03:45　漳州賓館503房）

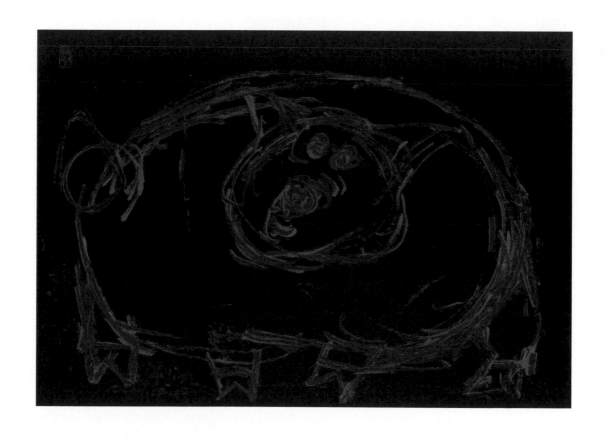

觀蟬

17年。蟄伏的等待，

生命的意義，是什麼？

不斷蛻變；蟬蛻了

命運沒有改變，還是為了那一聲

一生的吶喊

空靈，震盪之後

留下一具空殼，透明

翅膀，不是飛翔的

等待再一次

17年，漫長的蟄伏

是長眠，是閉關

沒有答案

輪迴，參禪

（2018.06.16／12:23　研究苑）

附註：生命的課題，永遠無法參透。人要內省，謙卑，感恩。

一滴淚

一滴淚，叫夢裡的遠方
它沒有地標，甚至也沒有
方向

方向是指向遙遠的前世的遠方，
如果你還能看得到，如果你還在夢中
如果你都已不再醒來
這滴淚，保證它絕對還是燙的

這滴淚，在我還未出世之前
就懸掛在母親的眼角，
它晶亮的，要訴說些什麼
將有個小生命
在這個多災多難的島嶼，受苦

他自己不會知道，他只是和千萬個
這島上的千萬個人一樣，
注定要受苦

這一滴淚的遠方，的遠方
其實還在我心中；它懸掛著

在遠方的遠方，的那遠方

仍在我心中，那滴淚

晶瑩剔透……

（2018.06.20／13:30　研究苑）

文學老兵
──敬悼　拓蕪兄

十五歲那年，去得夠遠了
沒人會為您年少投入軍旅
為國吃苦，道聲感激
歷史的重擔，是夠沉夠重啊！

沈甸，什麼東西要它沉澱？
那段內戰的歷史，夠沉夠重了
誰來還個公道！
誰又能說歷史無法無天！

沈犁也是您，您曾沈犁屯墾
既左殘復筆耕，且代馬輸卒
卻有人昧於良知良心，
在天光化日之下，亂砍亂吼！

拓蕪，您拓蕪也無功

只換得辱罵，變成米蟲

您怎能心服口服？

莫怪您才剛過完九十，

一天也不願多留──

米蟲，米蟲

您一定在意，這天大的侮辱！

（2018.06.30／01:34　研究苑）

如果，我在曇華林
——2018.07.武漢詩抄之一

如果我只是一直站著

在時間的老巷，不小心

一拐角

撞見自己；百年前的

自己

當然，我不認識

他，不認識自己

就有機會認識

不存在的過去；我在

時間的拐角

（2018.07.17／13:40　武漢天地）

在曇華林的馬槽前見

——2018.07.武漢詩抄之二

約好，時間

古代還是現在？

我已經來回

在現在和在從前，徘徊

核對時間，但要等的人

始終沒有出現

馬槽，就在眼前

蹄蹄噠噠，噠噠的馬蹄聲

已換成

汽車喇叭聲；聲聲比

一聲又一聲，

更無奈……

（2018.07.18／00:28　武漢友誼國際酒店712）

曇華林懷憶
——2018.07.武漢詩抄之三

不知時間能否為我們

再次倒帶，假設

我仍然可以騎著那匹

百年前

棕色駿馬回來，也一定

會

繫在原有的馬槽邊，讓噠噠的馬蹄

鎖住

無一絲光害的那個

夏夜，繁星寂寂點點

那夏夜，等待的那晚

妳一直沒有重現的倩影，

我相信我的守候

仍然充滿著，值得期待

那契機，會在還未成為過去的未來

當下的空間；我們還會在

時間的拐角。不期而遇

……

（2018.07.21／15:42　CI 835／30J飛往曼谷途中）

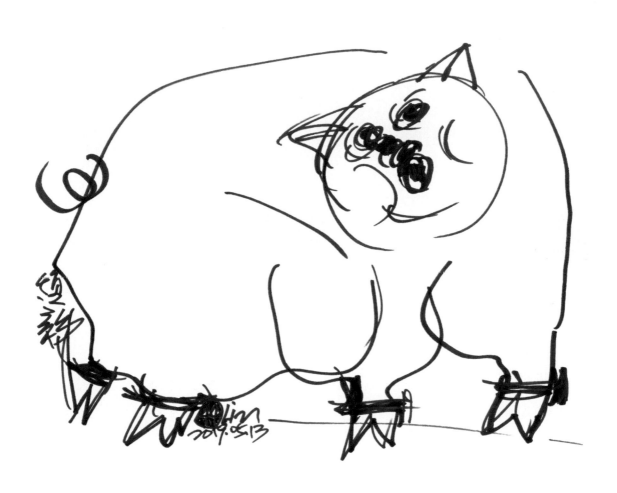

那夜在曇華林鳳凰山上
——2018.07.武漢詩抄之四

仍然是一個夏夜，一個
千古詩人雅集，在鳳凰山上；

抬頭仰望
星空，繁星煜煜
李白杜甫王維，千古
促膝長談；
泰戈爾佛洛斯特，里爾克
艾略特……

東方西方，詩與人生
愛和生命，無不一一觸及
凡人苦苦探索
生與死，古今中外
大詩人都環繞着
這些永恆的主題；

我，我只靜靜省思
哪天哪夜，或能站在他們旁邊
遠遠

站在時間之外，或已是

真的，遠遠

因為有詩的緣故，

是天大的榮幸，我會

靜靜

聆聽……

(2018.08.08／09:53　研究苑初稿)

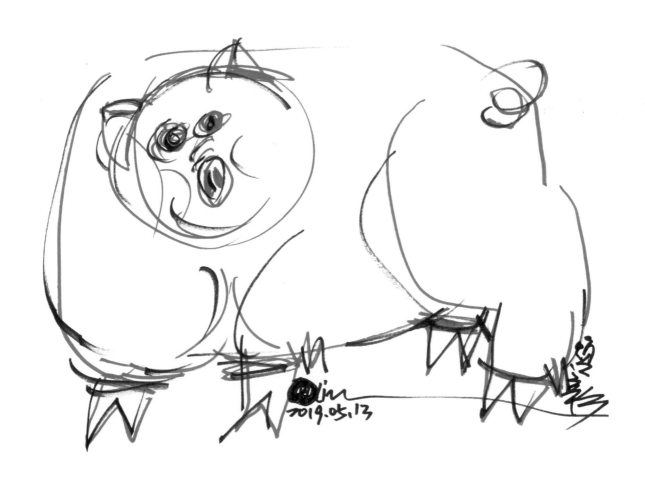

水金九之歌

永遠忘不了，那仰臥的
大肚美人，她藍色柔軟的
秀髮
在太平洋上，日夜梳洗著
日月，也日夜梳理著
亙古的歲月；

黃金瀑布，是無耳茶壺山上
汩汩流下的，金黃琉金
九九，久久的
地景；我佇立著
在她面前，久久冥思──
世界哪裡還會有金瓜石
獨一美景？

九份，九分之美
只差一分
在霧裡，在細雨中
不必強求，一定要
百分之百；九九，
久久就好……

（2018.08.30／18:18　回山區研究苑的社巴上）

附註：水金九，係水濂洞、金瓜石、九份三個地區之簡稱，取其閩南語諧音，
即美很久的意思。
基隆山，不同角度看它，有不同形貌；金瓜石的人看它，即呈現大肚美
人仰臥的景象，真的美極了。

我的影子的影子的背後

我望著我的影子，我的影子

我遠遠的望著他

我的影子也有他的影子，他的影子

也有他的影子，我望著他們

他們的影子，我遠遠的望著

他們都朝向有光的地方，

向前走，我是他們的影子的影子的

背後⋯⋯

我留在原地，我沒有走

我遠遠的望著

他們走進了有光的地方。

（2018.08.31／12:54　研究苑）

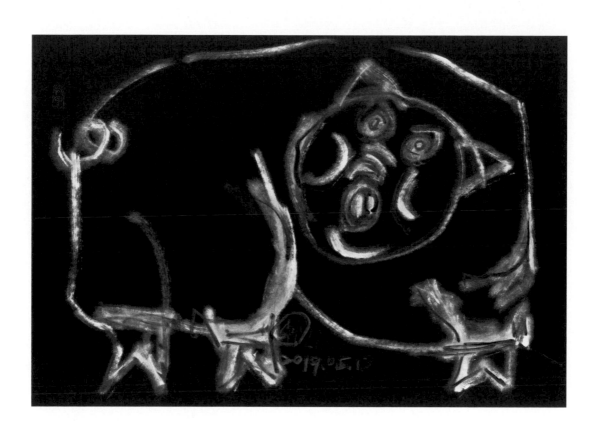

想・歸想
——為武漢韓玉曄攝於馬爾地夫海邊
一支空瓶與海而寫

一隻空瓶，透明

也許它曾裝了水，也或許

它裝了酒，總之

我都喝了

它就是空的，它就是透明的

我把它留下，

我就有機會做主；愛裝什麼，

就裝什麼

——裝瘋賣傻！

一隻空瓶，它是空的

透明，

我愛拿它裝風，裝雲

裝天空，

裝海洋，

裝很多看不見的

魚蝦⋯⋯

裝一個腦袋，可以

再裝風賣啥？

（2018.09.02／12:46　研究苑）

蜘蛛，有所不知

織不織網，破不破
吾心了然；

一次又一次，
日與夜
織我心事，風和雨
均可
自由進出；

擔心，不擔心
怕只怕，有一隻
又一隻，誤闖
蝶蝶
蟲蟲……

（2018.09.23／17:55中秋前夕，秋分　研究苑）

五十年代的那條街
——給武昌街兼懷孤獨國詩人　周夢蝶

五十年代的那條街，不太長

現在也是，沒長高也沒長大；

一條老街，在台北

上個世紀就這樣，現在也是

那樣；從俄羅斯悄悄挪來的

一盞明星咖啡燈，是位孤獨國

那老僧

無心無為插柳，以其枯槁

柴身，僅有丁點油脂

忽明忽滅，將它

點著；

那條老街，而我曾是年少無知

竟致誤入

孤獨國邊境，矇矇

懵懵懂懂

幸蒙那老僧慈悲，即時引救

給了我一株

還魂草，指點迷津

還了魂

讓我得以早早離開，

不致陷入太深；而今，

他自己早已把自己，寫成

徽宗筆下瘦小的一行

禪詩，向嚴肅的歷史

彳亍走去……

（2018.11.07／19:47　研究苑）

137

心想事成
——礁溪湯圍2期

湯圍，會是我心愛的新家；

在九樓，或更高

心想，事成——

我微笑，打心底裡

是一種美笑；

我佇立，嚮往的別墅高樓，

面向童年的老家，

世代傳承的福地，礁溪

桂竹林

背靠神祕的五峰旗，日夜晨昏

遙望蘭陽最美千載不變的

龜山；這是幸福的角度，

四季充沛的湧泉，綠油油的田園

溫泉泡湯，以甜美的詩畫

和心靈對話，感恩讚美

情定湯圍，是我新家。

（2018.11.18／18:28　首都客運回台北途中）

138

幸福，花是藍的

花是藍色的。我給她們祝福；
她們是幸福的使者，
我這樣肯定的認為，不必懷疑

我一向都是這樣篤定，
和她們約好，此世
今生
沒有懷疑，我是幸運的

蝶豆花，藍花藤，蒜香藤，薰衣草
不只一種愛戀，或海誓山盟
我什麼時候說過，她們是我的
舊識新歡，沒有偏心
也無獨寵；夜裡
夜夜更深

我常常會自問，
我何以會有如此死心，
忠心耿耿，鍾愛藍色
蝶豆花，藍花藤，蒜香藤
薰衣草……

（2018.11.18／21:06　研究苑）

冰裂，紫金小河

冷，想她的時候；

冷，零下
今夜當會
更冷！

冷，零下幾度才算
真正的
冷 ？

冷，冷我手腳
冷，冷我髮膚
冷，冷我想念的人
她在我心窩，不必翻找──

冷，紫金小河的河面
冰裂！
冷，比天空還冷；
冷，冷我心中的她
冷，她會比我更冷；

我倒影踩在紫金河上，

冰裂清脆的冰凌聲，

聲聲，緊緊，碎碎；

碎碎，緊緊，聲聲……

呀！我想到的她，

冷，怎還會是那年那時她走時

不聲不響，不痛的

那麼哪樣

心冷？

（2018.12.14／10:40　研究苑）

附註：2018.12.5-9日在天津開會──《兩岸文學對話》，住喜來登酒店，中
　　　午、晚間到酒店前的紫金河畔走了兩趟，心有所感，回來數日，終於靜
　　　下來寫它，寫心中不可或忘的痛！寫完此詩後，我流了不少的淚。

2019.02.26

閱讀大詩42　PG2261

 圓圓‧諸事‧如意
　　——林煥彰詩畫集

作　　者	林煥彰
責任編輯	徐佑驊
圖文排版	黃珮君
封面設計	楊廣榕

出版策劃　　釀出版
製作發行　　秀威資訊科技股份有限公司
　　　　　　114 台北市內湖區瑞光路76巷65號1樓
　　　　　　電話：+886-2-2796-3638　傳真：+886-2-2796-1377
　　　　　　服務信箱：service@showwe.com.tw
　　　　　　http://www.showwe.com.tw
郵政劃撥　　19563868　戶名：秀威資訊科技股份有限公司
展售門市　　國家書店【松江門市】
　　　　　　104 台北市中山區松江路209號1樓
　　　　　　電話：+886-2-2518-0207　傳真：+886-2-2518-0778
網路訂購　　秀威網路書店：https://store.showwe.tw
　　　　　　國家網路書店：https://www.govbooks.com.tw
法律顧問　　毛國樑　律師
總 經 銷　　聯合發行股份有限公司
　　　　　　231新北市新店區寶橋路235巷6弄6號4F
　　　　　　電話：+886-2-2917-8022　傳真：+886-2-2915-6275

出版日期　　2019年7月　BOD一版
定　　價　　350元

國家圖書館出版品預行編目

圓圓.諸事.如意：林煥彰詩畫集 / 林煥彰作. --
一版. -- 臺北市：釀出版, 2019.07
    面；　公分. -- (閱讀大詩；42)
  BOD版
  ISBN 978-986-445-342-9(平裝)

863.51   108010077

讀者回函卡

感謝您購買本書，為提升服務品質，請填妥以下資料，將讀者回函卡直接寄回或傳真本公司，收到您的寶貴意見後，我們會收藏記錄及檢討，謝謝！
如您需要了解本公司最新出版書目、購書優惠或企劃活動，歡迎您上網查詢或下載相關資料：http:// www.showwe.com.tw

您購買的書名：＿＿＿＿＿＿＿＿＿＿＿＿＿＿＿＿＿＿＿＿＿＿＿＿＿

出生日期：＿＿＿＿＿年＿＿＿＿＿月＿＿＿＿＿日

學歷：□高中 (含) 以下　　□大專　　□研究所 (含) 以上

職業：□製造業　□金融業　□資訊業　□軍警　□傳播業　□自由業
　　　□服務業　□公務員　□教職　　□學生　□家管　　□其它＿＿＿

購書地點：□網路書店　□實體書店　□書展　□郵購　□贈閱　□其他

您從何得知本書的消息？

　　□網路書店　□實體書店　□網路搜尋　□電子報　□書訊　□雜誌
　　□傳播媒體　□親友推薦　□網站推薦　□部落格　□其他＿＿＿＿＿＿

您對本書的評價：（請填代號　1.非常滿意　2.滿意　3.尚可　4.再改進）

　　封面設計＿＿＿　版面編排＿＿＿　內容＿＿＿　文／譯筆＿＿＿　價格＿＿＿

讀完書後您覺得：

　　□很有收穫　□有收穫　□收穫不多　□沒收穫

對我們的建議：＿＿＿＿＿＿＿＿＿＿＿＿＿＿＿＿＿＿＿＿＿＿＿＿＿

＿＿＿＿＿＿＿＿＿＿＿＿＿＿＿＿＿＿＿＿＿＿＿＿＿＿＿＿＿＿＿＿＿

＿＿＿＿＿＿＿＿＿＿＿＿＿＿＿＿＿＿＿＿＿＿＿＿＿＿＿＿＿＿＿＿＿

＿＿＿＿＿＿＿＿＿＿＿＿＿＿＿＿＿＿＿＿＿＿＿＿＿＿＿＿＿＿＿＿＿

11466
台北市內湖區瑞光路 76 巷 65 號 1 樓
秀威資訊科技股份有限公司　　　收
BOD 數位出版事業部

⋯⋯⋯⋯⋯⋯⋯⋯⋯⋯⋯⋯⋯⋯⋯⋯⋯⋯⋯⋯⋯⋯⋯⋯⋯⋯⋯⋯⋯

（請沿線對折寄回，謝謝！）

姓　　　名：＿＿＿＿＿＿＿＿　年齡：＿＿＿＿　性別：□女　□男

郵遞區號：□□□□□

地　　　址：＿＿＿＿＿＿＿＿＿＿＿＿＿＿＿＿＿＿＿＿＿＿

聯絡電話：(日) ＿＿＿＿＿＿＿＿＿＿　(夜) ＿＿＿＿＿＿＿＿＿＿

E-mail：＿＿＿＿＿＿＿＿＿＿＿＿＿＿＿＿＿＿＿＿＿